马莲花情丝

MALIANHUA

QINGSI

张开运 著

敦煌文艺出版社

图书在版编目（CIP）数据

马莲花情丝 / 张开运著. -- 兰州：敦煌文艺出版社，2019.8（2023.1 重印）

ISBN 978-7-5468-1752-1

Ⅰ.①马… Ⅱ.①张… Ⅲ.①诗集—中国—当代 Ⅳ.①I227

中国版本图书馆CIP数据核字（2019）第129362号

马莲花情丝

张开运　著

责任编辑：尚再宗

装帧设计：马吉庆

敦煌文艺出版社出版、发行

本社地址：（730030）兰州市读者大道568号

本社邮箱：dunhuangwenyi1958@163.com

0931-8773298（编辑部）　　0931-8773112　8773235（发行部）

天津旭丰源印刷有限公司印刷

开本889毫米×1194毫米　　1/32　　印张6.625　　插页7　　字数130千

2019年7月第1版　　2023年1月第2次印刷

印数：301~3 300

ISBN 978-7-5468-1752-1

定价：45.00元

蜂勤花蜜中
鸟鸣悦林声

祝贺开运先生马莲花悟丝出版

己亥年竹友尹克云题

原甘肃省建投集团总公司党委常委工会主席尹克云先生为本书题词

二〇〇七年到延安参观途经黄帝陵

二〇〇五年十月在故乡庵里水坝留影

二〇一一年冬与公司员工一同去北京长城游览

二〇一一年冬与公司员工一同在北京天安门看升国旗

一九九八年任工程分公司经理时在兰州市自来水厂施工 17#18#100 米直径浮流沉淀池时，接受兰州市副市长宋乃娴一行检查工作。

一九八六年任甘肃榆中高崖水泥厂厂区工艺线生产指挥时，接受上级领导工作检查指导。

　　二〇〇八年十一月,与《老虎沟畔的记忆》《春天的记忆》作者,原正宁县委副书记,庆阳市委统战部常务副部长、工商联主席、企业家协会常务会长、秘书长杨永宁先生在故乡正宁合影。

二〇〇〇年十月,在大连棒棰岛留影。

一九九五年十月与爱人和女儿一
起到夏河拉卜楞寺游览

一九九五年十月到夏河拉卜楞寺
与毕业于北京佛学院的实习僧合影

二〇一〇年在甘肃兰州与明珠家园施工项目部人员合影

二〇一八年十月于甘肃省兰州市七里河西津广场太极拳队学打太极拳留影

二〇一九年仲夏于兰州学习书法

二〇一九年仲夏与原甘肃省正宁县人民政府教育督导室书记、主任,省书协会员李宏科先生合影。

引起对青少年时期回忆最多的,
一九七〇年刚参加工作后的老照片。
往事忽近又忽远,少华难留不当年。
健康平淡心乐观,福祸贵贱皆笑谈。

序

冯树林

出生在一九四九年前后的这一代人，深知前辈们的付出和艰辛，亲历了社会的巨大变化，经受了疾风骤雨，也为新中国的建设和发展贡献了自己的青春年华。回顾往事，虽不能自诩"历尽萧瑟秋风，阅尽人间春色"，但都有对生活酸甜苦辣的深刻体验。

至此夕照鬓白颐养暮庚之时，对社会对后辈和至亲能留下什么呢？只有将一代代留下的传统道德文化、社会文化的精髓，再加上自己的人生体验和感悟毫无保留地传给后辈和未来。每一个人都是一本书，都有自己的诗歌和故事，其内容也不尽相同。"人生没有彩排，人生不可能重来，历史的画卷也不可能原模原样地重复展示。"从别人的经历中，读者也可以吸取营养，温故知新，以书为鉴一定能得到有益的精神养料和宝贵的财富，这也是这一代人最真挚的情怀。

作者开运是从艰难困苦的环境中走出来的，他从农村到企业，从学校到工厂，从专业技术干部到工程师，最后到内聘高级工程师和全国一级建造师，还长期担任企业的基层党政领导职务，在退休之后仍然发挥着自己的余热。他的一生，一步一个脚印，一路向前迈进，向上攀升，遇挫不馁，知难而进，以顽强积极的态度，坦然面对人生的各种挑战，显示了他强大的内心世界。难能可贵的是，作者是搞工程技术专业的，最初的文化程度并不高，却能把自己一生的感悟以诗歌的形式表达出来。其诗歌如同清流沁心，又温暖于怀，没有丝毫的孤戚幽怨，用一颗知足感恩、干净善良的心去发现美好，创造美好，享受美好，用健康平淡的胸襟、乐观向上的情怀去回忆往事，感动后人，积极面向未来。

诗歌集从《姑母的玉米饽》《卖桃》《深山采药》到《盼春》，到《过年》及《陇东放歌》，描述了家乡的变化，讴歌了社会面貌的巨变；《职工再就业》《知青上山下乡》《养老》等，以亲历的感受，重现了社会时代变化以及人们思想情感、文化观念的快速转变；《小草》《马莲花》《护犊》《清明祭》《祭父母》等，抒发了思亲重孝的悠悠情结，赞美了平凡而崇高的民族精神，颂扬了人间亲情及真善美。《旅游》《登山》等诗篇中展示了祖国江山如此多娇，中华名胜古迹和文化遗产的瑰丽绚烂；《建筑工人之歌》《人生坐标》《夕阳颂歌》《家庭曲调》《中秋月》《访友》《思别》等，记录了自己的成长过程，衬托出了亲情、友情的无比珍贵。

诗歌语言朴实、情感饱满，落笔有声，出语有意，以灵活的形式奉献给读者。能和读者发生心灵的碰撞和共鸣，是作者的最大成功和心愿。

当然，其诗歌也并非尽是"阳春白雪"，生活本身就是一首充满酸甜苦辣的歌。那么，锲而不舍地追求，不断地攀登，不断地坚持，不就更有诗意，更亮丽吗！诗歌也同人一样，各有不同的时代背景，不同的侧重点，不同的题材和风格。或光彩艳丽或淡雅都是百花园中的一束，需要创作者勇敢无私地拿出来供阅读者鉴赏评判之。

诗歌创作的过程也是人生自我提升的过程。它是一种情感的宣泄，精神的张扬，信念的坚守，心灵的表达，也是对传统文化正能量的宏扬。人都会有追求，所追求的无非是重要的信念和希望。人必须以坚强、感恩、知足、乐观、积极的精神去履行义务，承担和奉献社会及家庭。诗歌是社会现实中精神文化的反映，必然是在时代背景下，以"以人为本"的理念去捕捉描写社会中的共性以及个性。我们赶上了一个应该倍加珍惜的盛世，繁荣社会，在经济繁荣、物质财富富有的同时，也必须有精神财富的富有。

在防止环境污染的同时，也包括防止精神文化环境的污染。文化精神财富是民族和社会进步的重要积累和巨大的推动力量。我们应该去保护神圣的文学精神家园，并创造更多的精神财富。盼望有更多的优秀文化作品问世，丰富我们的社会文化生活。

二〇一八年十月于兰州

序言作者系中国文联委员，原甘肃省人大常委、省直机关工委副书记、省文联党组书记、副主席。

目　录

第二部分 天地情怀

第四部分　人生感悟

马莲花情丝

分

风雨情深

fengyu

qingshen

姑母的玉米饽

二○○一年四月

一

饿魂野游荒野寒，

昼夜天长煎熬难。

细粮一年不见面，

杂粮老幼把碗舔。

稚嫩柔弱九岁半，

途步走亲牛娃山。

山路沟湾十八里，

娘侄访亲姑喜欢。

二

腾气金黄玉米饽，

酸甜香我四十年。

吃饱问要带一个，

回家让弟尝个鲜。

晚上睡着梦里喊，

天亮急看礼当篮。

不要忘带玉米馇，

脚腿生风跑家还。

注：指一九六〇年至一九六二年，发生严重自然灾害，造成饥荒，有饿死人的情况。

卖 桃①

一九九五年七月

天天盼望桃子长，

放学总把桃树望。

仙桃熟香红透亮，

先挑一个老人尝。

奶奶不忍入口腹，

几次闻闻放箩筐。

挑担集市学叫卖，

一毛五个大又香。

强忍饥渴盼买主，

卖桃挣钱上学堂。②

感念红桃香甜意，

春花秋果掀心浪。③

注：①一九六二年本人不足十岁，上小学四年级。当时家中自留地很少，有两棵很高的旱桃树，桃子味道特别香甜，但树上结的桃子很稀，两棵树上共有三四百个桃子。②那时上小学每学期学费八角钱到一元钱，就那样，大哥三弟也被迫放弃上学，在家干农活，做家务，仅留我一个上学念书。③多年来，看见春天桃花开了，夏末秋初桃子熟了的时候，总是触景生情，心潮翻滚，感慨不已。

七律·马莲花

一九九三年四月

洁白晶莹脱华贵，

湛蓝剔透更妩媚。

碧绿纯朴含庄雅，

淡粉鲜黄描花蕊。

路边不惧风雨狂，

人踏车碾总无畏。

不慕虚名吐淡香，

野生潇洒胜园卉。

咏 竹

一九九五年十月

空直向天透灵气，
门前池边一片竹。
细雨枝叶连珍珠，
微风沙沙恰丝语。
谦怀正直君子德，
翠青无华志不俗。
雪压风刮身似弓，
青节依旧虚怀谷。

小 草

一九九五年五月

一

春绿秋黄满天涯，

朴实柔韧少锦华。

名气平庸满原野，

身处荒山自安家。

头向蓝天吐青气，

冰雪覆盖披霜花。

只图感恩报春晖，

火烧践踏任由它。

二

寂守沟壑耐寒暑，

拥抱大地情高雅。

世代甘心做草根，

籽种随风处处发。

不争粮农肥田土，

命强不用农药洒。

春光泽润草木心，

浓情绿意增春华。

苦苦菜

一九九八年四月

一

露宿田野沟洼，

任由风吹雨打。

绿色天然野菜，

汁液清火降压。

不用施肥农药，

无须除草耕耙。

舍身为救饥荒，

天生清翠无华。

二

叶上常挂晶珠露，

苦生苦长守天涯。

割去枝叶情依然，

情深沃土又勃发。

农家不忘苦苦菜，

富人感恩思念它。

本是农家汤菜饭，

酒肉餐桌胜鱼虾。

深山采药①

一九九五年五月

一

秦陇子午山横，②

采药翻越驰骋。

山间阴晴突变，

密林随时生风。

瀑布湍急飞越，

莽林葳蕤涛声。

远听万马奔腾，

近闻鸟语啼鸣。

二

大山天然药味正，

采药帮人医百病。

解放胶鞋防草滑，

打紧裹腿防蛇叮。

入林互喊防迷散，

有声壮胆兽难侵。

山坡漫开野菊花，

半阴林沟觅党参。③

三

丹皮苍术紫胡，

黄琴甘草川芎。

红芍白芍当归，

五加秦艽黄柏。

充饥啃口干饼，

口渴溧流尽饮。

夜宿古旧窑洞，

熠火闪望辰星。

四

喝令山神献宝来，

驾驭水性斗山风。

晨起迎日吼大山，

晚照背篓药满盈。

野鸭原味一把盐，

辣面花椒伴野葱。

山珍名药今稀贵，

更贵当年深山情。

注释：①一九六七年，十四岁时到陕甘交界的大山中去采药。②指陕甘交界的子午岭山脉。③野党参多生长在半阴沟洼，走到近处气味很浓。

知青上山下乡①

二〇〇九年九月

一

十九中学毕业期，②
走向农村广天地。
离家带梦到乡野，
像章语录随行李。③
缝衣做食自料理，
少年幼稚常调皮。
青春年华正学习，
接受教育经磨砺。

二

明月常怀思亲意，

葵花向阳展红旗。

山川待秀复高考，④

千万知青回城里。

至今感念山水情，

人生情缘总珍惜。

碧水秀山颂脱贫，

梦境欢歌飞心里。

注释：①指一九六八年至一九七八年知识青年上山下乡。②十九岁左右中学毕业。③当年毛主席像章、语录、老三篇和五篇哲学著作都是随身佩带。④指一九七八年恢复高考，知识青年都相继返回城市。

职工再就业

二〇〇五年五月

一

祖国建设跨骏马，
餐风露宿走天涯。
当年人多力量大，
敲锣打鼓戴红花。
哪里需要哪里去，
工人最听党的话。
入团入党豪情壮，
工矿就是我的家。

二

不怕苦累做主人，

需要干啥就干啥。

多年发展矛盾显，

望梅止渴乱章法。

机制臃肿效能低，

产品过剩竞争差。

上下推脱"斜劈刀"，

都怪人多负担大。

三

一夜断奶离了家，

辞退买断饭碗砸。

能人下海搞经商，

留岗亲朋带裙衩。

招商租赁搞开发，

国有资产任由花。

未先修渠就放水，

重企军工洪泛发。

四

勇士断腕成经典，

破产风暴开始刮。

下岗职工各显能，

大款哼歌耀武夸。

历史自会更弦张，

不让伤疤成奇葩。

党心民心汇心声，

共奔小康都不落！

为下岗职工火锅店开张

二〇〇七年十一月

月落琴声满地霜，

小楼灯火溢飘香。

谁家佳肴醉路人？

鲜辣酸麻情味长！

七律·北山移民

一九九九年秋

黄土十年九逢旱，

仰天盼露眼欲穿。

杯水车薪扶贫力，

代代长叹不毛山。

狡兔三窟鸟觅栖，

恋土受穷情何堪。

新居坦途奔小康，

脱贫致富随梦愿。

注释：甘肃中部干旱山区向河西、景泰、秦王川移民。

陇上山东客①

二〇〇六年三月

一

山东来客脾气犟，

一根扁担天下闯。②

逃荒入陇辟天地，③

百年不改山东腔。

共谋生计恋老乡，

打抱不平敢担当。

重礼明义情豪爽，

二哥肝胆侠义长。④

一

坎坷贫贱不低头，

历经苦难性格刚。

贼匪数载祸苍生，⑤

群愤怒毁松林庄。⑥

胶东浴血驱倭寇，

陕甘舍身斗虎狼。

不媚官富善做人，

勤劳铮骨耀天光。

注释：①当地把移民到陇东的山东人，一直叫山东客。②③从明洪武年间至公元一九二九年，一些人陆续从山东沂蒙、临朐、昌邑、黄县、莱芜等逃荒要饭、投亲靠友到陕甘交界子午岭山区边缘地带开荒、烧炭、卖柴和做驮夫、脚户为生。在甘肃正宁居住较为集中的有西新庄、东新庄、高家渠、坡底村、湾子村、芦子坪、王家洼、马家洼、柳树台等，在陕西居住较为集中的有富平皂角、临潼阎良、三源及马栏等。至今多数语言风俗习惯仍有山东特点。④山东人敬重武松武二郎，因此多称二哥以示尊仰。⑤⑥传说子午岭山里，有松林庄土匪长久盘踞，当年为首的叫扬某子，县内有横行匪霸王大牙，两股势力祸害乡邻，杀人、抢掳、绑票、逼饷、拉丁，那时经常跑土匪，多少家庭人畜伤死于匪贼之手。人们谈匪色变，一九二八年由我祖父张学敬组织山东老乡及部分当地人一举捣毁土匪老巢，王大牙及杨某子在一九四九年后由人民政府予以惩处。

024

苍生不屈①

——写在五一二大地震一周年

二〇〇九年五月十二日

一

地动山摇天塌陷，

噩梦惊魂飞汶川。

数万生死一瞬间，

救死扶伤齐声唤。

震崩祸患毁家园，

余震堰湖头上悬。

党心民心汇巨流，

冲走灾魔再重建。

二

地震无情人亲善，

灵魂之光更璀璨。

生命无价大于天，

人性生死历考验。

逝者已随江河去，

生者擦泪向前看。

日月依旧照山川，

希望总在人心间。

注释：①二〇〇八年五月十二日十四时二十八分汶川发生八级大地震。在人命关天的时候，全党全军全国人民奋起抗震救灾。

村口的老柳树

二〇〇六年三月

村口的老柳树，

谁知您经历了风雨多少代？

谁知您是何人何年栽？

谁知您心中装着多少忧伤多少爱？

参天躯干高难丈，

五抱拢腰围难量。

星星在枝头钻进鸟窝，

月亮似铜镜挂在树梢上。

太阳光辉先到树顶报到，

大风刮来您总是先知道。

稚童涝池戏水您遮阴凉，

书包就挂在您的身上。

遇到电闪雷击您总能自防，

多大的风雨敢和它较量。

黑夜里许多老者看见您头顶闪亮，

多大的暴雪也压不垮您坚挺的臂膀。

大雪迷路时您摆头脱下雪帽，

指引回村的路巷。

您是山村的地理坐标，

您给予人们勇敢和胆量。

您像一个城府的老者，

如此深奥又如此宽祥。

您无须进入吉尼斯纪录，

人们早已给您佩戴上了功勋的奖章!

您根深黄土，

情满蓝天。

你亲眼看到了几个朝代的兴衰变迁，

经历了民国十八年灾荒大逃难。①

土匪在树下歇过脚，

村民在树后躲过枪弹。

您亲眼目睹了疯狂或者仁善，

都在您的面前释放过本质的表演。

您吟颂过老区②国共合作的诗篇，

或激情飞扬，

或信心无限，

这一切都深含了老区人民的真实情感！

您心中装着全村数代人的离合悲欢，

见证了解放前后村里的沧桑巨变。

您能说出一些人的丑陋嘴脸，

也能知道一些人的勤劳与良善。

远方来客您可认辨，

回村亲人与您共度合欢。

看到您就有回家的温馨，

离别您就让人尝到心酸。

"文革"时期，

您伟岸挺拔的身躯被锯断。

从那以后人们总觉得村里少了什么，

进出村口心里总觉得不安然。

您与乡村结了难以割舍的情缘，

您见证了多少雏鹰飞向蓝天，

是您深情叮嘱，

目送到天远云断。

是您告诉他们常回家看看，
以释亲人的挂牵，
是您告诉他们叶落归根，
故土深情千金莫换。

您留下了博厚传奇的史卷，
留下了厚重的乡情文化内涵。
老柳树的故事，
让人荡气回肠情洒陇原!

可现在再也无法闻到您浓烈的乡土气息，
再也无法见到您雄浑古朴的容颜。
古柳明月魂牵梦绕永心间，
这一切的一切，
变成了永久永久的眷恋!

注释：①一九二九年灾荒大逃难。②老区，指陕甘宁边区，正宁县西坡属于老区，一九三五年后一直是红色政权。

农家过年宰祭①

二〇〇一年腊月

一

银刀红血三声叫，

小年见红春节到。②

神灵先祖正堂供，

猪头排前香缭绕。

后生晚辈叩首拜，

老猪咧嘴眯眼笑。

二

生来就叫"猪姥姥"，

肉飘酒席香味道。

吃睡无忧少煎熬，

临终寿寝好热闹。

坦然痛快捐躯体，

生死轮回走一遭。

注释：①宰祭源于旧时农村杀生要进行宰祭活动，其意是要先敬天神、先祖以图吉利，消除杀生之罪，求得宽恕。②腊月二十三叫农历小年，灶爷登天言好事，大年三十晚上返回人间降吉祥。过年前杀生见红为避灾镇魔，有吉利之寓意。

年关农贸集市①

一九九六年腊月

一

车水马龙赶大集，

肩挑身背手里提。

人潮漫漫长十里，

卖了鸡蛋称枣梨。

二

猪肉割上两吊子，

年画对联也置齐。

农家勤俭多辛劳，

花钱图个好运气。

注释：①春节前的最后一个集市。

034

春 天

二〇〇八年春节于故乡作

盼 春

风动窗棂入院庭，

听似春的脚步声。

杨柳情怀耐不住，

只怨还在六九中。

迎 春

冬雪纷纷迎春到，

红梅朵朵报早春。

雄鸡报晓东方白，

霞光祥云洒春晖。

闹　春

风摇杨柳摆秀发，

春燕斜飞叫喳喳，

耕牛铃唱垅为弦。

桃梨一夜满树花。

七律·田园春色①

二○○○年三月

轻风燕飞绿遮鸦，②

槐柳清香枝条发。

细雨新土块块田，

大棚瓜菜许多家。

好雨知时降甘霖，

鸟语花香好图画。

春景春色已陶醉，

青草绿树又添花。

注释：①二○○○年三月十四日乘K75列车到北京途经天水、宝鸡，窗外春景映入眼帘，欣笔抒怀。②指农历三月田地里的麦苗已能藏住觅食的乌鸦。

汗水与光芒

——记松原前郭县草原文化馆开工奠礼

二〇一六年四月十六日

一

蓝图已绘今奠基，

鸿雁传情祝大吉。

民族兄弟共斟酒，

感恩黑土敬大地。

博采师匠巧智慧，

汇集八方之神力。

指令莽原巧修妆，

丹心铁臂争朝夕。

二

能歌善舞怀潇雅，

马头琴声传万里。

草原清香透灵气，

辽阔江天飞轻骑。

文化传承留青史，

汗水才华建丰碑。

光芒四射民族魂，

巍然屹立耀天地。

到松原修建新立平风粮库

二〇一六年孟秋

热风无际掀稻浪，
蜂蝶短飞避骄阳。
日照黑土献米香，
远客来此筑粮仓。

分

天地情怀

tiandi

qinghuai

七律·故乡大水坝妙景①

二○○五年十月

山涧飞龙天上画，

原始林溪聚水坝。

浩淼千倾甘甜水，

欢腾清凉到万家。

严冬冰面走车马，

夏天纳凉看浮鸭。

水脉天源勃生机，

银流欢歌浪飞花。

注释：①指甘肃正宁于一九五八年人工围堵的庵里大水库，是全国少有的可直接饮用甜水库之一。

贺友人乔迁①

二〇〇〇年五月

白日夫妻忙东西，

月上枝头共枕栖。

娇娃已眠入梦境，

两口细语正甜蜜。

乐业贵在心安居，

挚友真情贺家齐②。

风雨航行共修渡，

人生有缘相伴依。

注释：①为同事搬新居而作。②家齐，指立家的要件如结婚、生子、乔迁新居等。

学习雷锋

二〇一五年三月五日

正月十五飞玉兵，

爆竹声声雪纷纷。

元宵恰逢纪念日，^①

神州再起学雷锋。

青丝白发几代人，

花灯闹春春复春。

丰碑心中高耸立，

花甲感怀更思春。

注释：①每年三月五日是毛主席题写"向雷锋同志学习"纪念日，雷锋在几代人心中开垦出了肥沃的精神良田，竖立起了不朽的道德丰碑。

清明祭

二〇一三年清明节

一

雨沥沥，雾蒙蒙，

陵墓前，大路旁，

万户哀思悼亡灵，

红烛纸钱舞春风。

二

柳丝垂，青芽黄，

灰蝶飞，祭尚飨，

恍若隔世梦一场，

清明奠酒泪两行。

参观兵马俑及乾陵

一九八七年四月

秦兵马俑①

金戈铁马平六国，

秦皇一君统山河。②

挥旌天下一大统，

良驹勇将伴陵阁。

唐武皇陵

盛唐武媚寝乾山，③

头枕秦岭卧秦川。

后主词泪满囚院，④

功过无字问穹天。⑤

注释：①陕西临潼秦始皇兵马俑。②公元前256年至221年，秦国灭了其他六国建立了秦王朝，到公元前206年归西汉。③陕西乾县武则天陵园。④指宋朝赵匡胤于公元960年至979年灭后唐建立了北宋，李后主被囚禁，悲词哀怨。⑤武则天陵园建有无字碑，其大概是喻意成败功过大的天下人无法用文字评价，只有留给后人和苍天去评说。

七律·祭拜黄帝陵

二〇〇七年四月

轩辕铁靴踏雄风,

炎黄同祭香火隆。

黄河千转拜先祖,

秦岭万巅献彩虹。

三皇仙游奔喜泪,

五帝赞叹九州同。

华夏天翻尽舜尧,

神州地覆腾祥龙。

七律·不忘初心

——纪念党的九十五岁生日

二〇一六年七月一日

奉仰马列传华夏，

主义大旗东方挂。

醒狮怒吼为民生，

浴血殊死斗虎鲨。

百年屈辱千疮孔，

唯有我党救中华。

人民欢歌颂救星，

更当斩棘永焕发。

长征会师楼

二〇〇一年十月于会宁

一

绝密围剿布铁桶，

瑞金会宁二万五。

绝地逢生惊天地，

天兵北上破追堵。

六盘高峰红旗展，

三军会师史壮举。

陕甘一片红色土，

延安运筹决胜负。

二

西安事变云雨骤，

抗日烽火惊雷吼。

民族危亡同敌忾，

大敌当前云水怒。

八年抗日灭顽寇，

战火未息龙虎斗。

人民选择定乾坤，

星火燎原葬腐朽。

祭父①

一九八七年清明节

穿越六盘三月风，

千里祭父时清明。

跪拜英灵泣泪横，

春风送去思念情。

父母英年辞人寰，

有病难医家境穷。

未享今日好光景，

感怀忘事刺心疼。

注释：①父亲于一九八六年三月初七病逝，时年五十八岁。母亲于一九六三年七月初三病逝，时年三十三岁。此诗为父亲去世一周年清明节从兰州回故乡为父母上坟而作。

天地奔泪悼娘亲

二〇一三年七月初三

生母悼以文曰：

思念娘亲苦	似刀搅肠肚
思念娘亲难	疼烂儿心肝
今日做家祭	亲朋来祭奠
披麻孝儿身	跪卧疼儿心
草木欲滴泪	青山穿孝衫
娘亲千般苦	艰难饱辛酸
娘生战乱年	陕西马兰县
两岁丧其母	哥嫂哺育成
两哥两姐伴	十六嫁与父
姐妹再无见	父兄音信难
相隔十八年	两姨来看娘

行至山河街　闻哭噩耗还

外公再见时　相聚十几天

老暮不时日　葬于牛娃山

娘曾探其父　徒步金锁关

翻山三百里　越岭忍饥寒

娘嫁父门时　公爹已早逝

家境已清寒　婆媳命相连

婚后一子女　幼则已亡去

后又生三子　唯思女儿情

生女五七年　聪明又乖巧

全家倍喜爱　乳名叫兰草

儿女双全至　苦累已不知

时经六〇年　广世饥饿天

外公如风烛　去逝六一年

奶奶暮残年　长辞六二年

数日之后时　苍天不睁眼

兰草五岁半　夺命于肺炎

打击接二三　晴天霹雳闪

平地起狂澜　江河席倒卷

娘悲吐血痛　数次昏厥咽

气郁伤肺心　恙疾缠娘伴

娘与命抗争　非要生一女

留世儿女全　娘死无遗憾

六三娘娘庙　三月十八天

白兔进家门　四弟送世间。

春蚕吐丝尽　烛灯熬油干

娘故七月四　撒手于人寰

时值家境寒　不孝子尚幼

挖掘北坳土　草草埋坟掩

每每想起娘　钢刀刺心端

生日不知时　终生无照片

一生命可怜　黄莲挂苦胆

自幼苦挣扎　清贫心骨寒

乡村平坟地　遗骨也不见

每每想到此　　横泪永不干

人生憾事多　　莫过亲情散

深悟生育恩　　孝敬时已晚

不到老暮岁　　浅知父母心

不经磨砺难　　不知孝为先

眷眷思亲泪　　悲悲无期终

今日想娘亲　　惭愧不能挡

回忆儿幼时　　为娘好辛苦

天色麻麻亮　　深沟担水吃

回来抱磨担　　磨研一把粮

风箱柴湿呛　　烟飞满脸灰

饭碗没端上　　上工口哨响

工分是口粮　　耕锄去南梁

工歇拾猪草　　捎带鞋底帮

下工背柴火　　胳膊挎笼筐

未到家门前　　儿哭院门墙

儿小猪狗嫌　　个个脾气犟

教子娘不忘　　跪娘知错改

体罚娘泪眶　　疼爱肺腑伤

幼儿生病时　　葱花炒拌汤

把面只鸡蛋　　拌汤为难娘

风刮大跃进　　大炼钢铁时

家中无锅炊　　都进大食堂

娘省一口馍　　回家塞儿怀

哄儿娘不饿　　儿咽泪水多

终生苦劳累　　整天到黑忙

晚上扒玉米　　炕干交公粮

灯下针针线　　盼儿早穿上

每到过年时　　忙活饺子饭

锥针上鞋帮　　已到东方亮

供奉神祖位　　夙愿盼希望

娘穿补丁衣　　煮染翻新样

慈母血与泪　　尽把辛酸尝

海深总有底　　山高可丈量

娘爱比山高　娘情比海广

世间可怜多　唯娘苦命长

相隔五十年　时时总难忘

吃饭想起娘　饱饭没吃上

穿衣想起娘　娘穿旧衣裳

睡觉想起娘　泣泪湿枕床

梦中梦见娘　醒来断寸肠

佳节想起娘　亲朋满座时

唯独不见娘　忍泪暗自伤

见人孝敬娘　羡慕与心酸

往事绕心间　常常夜失眠

春天想起娘　鹃啼布谷叫

细雨柳丝长　春花献给娘

夏天想起娘　南风飘麦香

蒸出思念馍　手捧献给娘

秋天想起娘　离离草枯黄

千树垂红果　珍馐娘品尝

冬天想起娘　风雪屋灯暗

寒冷黑夜长　梦娘补衣裳

回家想起娘　娘在云里望

近看北坳土　远望空南梁

离家想起娘　我娘在何方

含恨问明月　悲月云里藏

风摧枯枝雪　泪育草木心

是娘教育儿　人生总不易

坚强和勇敢　正直与善良

勤劳与谦和　永远不能忘

贫不失志向　富仁不狂妄

幼苗勤栽培　不宠不娇养

谆谆教诲言　滋润禾苗欢

后辈皆健壮　人丁皆强干

现时世事好　吃穿无忧难

齐家立业志　儿孙不怠慢

入党提干的　政府公安的

企业教育行　　个个出学堂

做人做事为　　不负母恩泽

娘亲风范存　　寸草报春晖

儿已壮迈年　　更悟人生理

勤俭持家福　　家和安康归

谦和宽仁先　　平淡随遇安

公平相处世　　自强心乐观

贤孝常教子　　责任不离肩

幼树已长大　　根枝漫奋发

娘驾仙鹤去　　升天到瑶池

天地自有墓　　归土儿心中

青山流水情　　日月满地辉

娘永恒于世　　娘千古永垂

今日家祭娘　　消儿半世羞

鸦有反哺念　　羊有跪乳情

母恩未曾报　　愧疚泪长横

天意虽难挽　　情缘永难断

音容长思念　　慈训铭心田

天地若有情　　来世再续缘

再做娘的儿　　孝娘偿儿愿

每逢清明节　　祭奠父坟前

娘亲收冥钱　　香火永不断

问娘可安好　　情满天地间

乌呼！哀哉！尚飨！

孝子：开唱、开运、良运、福运跪叩。

回老家

二〇一六年春节

当年小鸟飞外走，
村口池柳柳絮稠。
春风秋雨五十载，
八旬老母霜染头。①
暮冬夕烟进柴门，②
风中老母站门口。
目滞无语泪眼流，
此境让人把心揪。

注释：①继母年迈八十六岁，一九六三年十月续嫁于父。②暮冬即农历腊月。柴门，指农家庭院。夕烟，即傍晚。

养蜂人①

二〇一六年四月初六于北京

追赶时节千紫红，②

选场收蜂寅起程。③

蜜蜂飞梭采花忙，

风餐露宿养蜂人。

注释：①父亲生前曾养蜂几年，甚为辛苦。在父亲去世三十周年之际，在北京郊区看到养蜂人触景生情。②追赶花的时节和花场。③趁天未亮蜂未出窝搬换场地。

飘落的雪花

二〇一四年正月初八

随风飘落的雪花，
摇摇摆摆，
飘飘洒洒。
飘向大海，
变成永不枯竭的浪花。
飘向森林，
红花绿叶装扮山崖。
飘向沃土，
润物无声催春发。
寒冷走来身如玉，
不见花香果红时。
春草萋萋思雪恩，
白雪圣洁情无瑕。

山村冬雪

二〇一四年正月于故乡

山村冬夜雪漫舞，

不见归家路何处。

天地玉洁闻犬声，

只待看烟何处缕。

晴日融雪麦露青，

屋檐下面挂银柱。

泥泞水窝滴成行，

珠玉串串敲磬曲。

咏 雪

二〇一四年正月于故乡

皑雪只为春荡漾，

旭日一升流水长。

春风助力好钟情，

万物如愿生万象。

纷繁尘世皆情缘，

飞雪迎春催花芳。

飘洒来去自坦荡，

春归尝愿走河江。

安口忆三线①

二〇一〇年十月

一

六九边关烽烟起，②

三线建设鏖战急。

三沟五岔③五万兵，

老幼拼搏热血溢。

山峦幽谷夜通明，

密林惊鸟藏玄机。

杀头军令又一道，④

车车军品到边堤。⑤

二

谁说只有前线伤？

土谷堆上有灵碑。⑥

战备十年厂为家，

雨停雷过战鼓息。

山沟洪流普壮史，

重游故地见残壁。

当年少壮今鬓白，

往事催泪不敢提。

　　注释：①指军工三线建设。②指二十世纪六七十年代中苏、中越边防战事。③三沟五岔，○四沟，○三沟，○七沟，华丰山岔，丰收山岔等。④一九七○年上级下达"对军备延误杀头"的军令。⑤军品从安口经陇县、宝鸡，由陇海线送往前线。⑥为了三线建设而工伤、病亡的同志被埋在土谷堆沟里。

母女情

一九八三年十二月

雪染眉发地有冰，
下班急把单车①停。
炉火将灭浮灰静，
烤馍未焦正有温。②
忽闻陇枣蜀橘来，③
泥脚湿发又匆匆。
只为娇女换水土，
山沟填满母爱情。④

注释：①单车，即自行车。②冬天房间炉子取暖，顺便把馍馍烤上，下班回来吃。③当地没有蔬菜水果，每周从陇县和宝鸡拉一次，人们排队抢购。④当时夫妻两地，爱人一人带女儿。

孙女百天

二〇一〇年二月十三日

一

喜看娇孙在睡觉，

轻脚猫步恐惊扰。

小嘴微微动，

像是做甜梦。

百天带孙去拍照，

连哄带逗还是闹。

哗哗一声大家笑，

原来憋着一泡尿。

二

老年爱孙重晚情，

天意总是怜幽草。

老幼都是家中宝，

朝阳夕霞一起照。

望子成龙女成凤，

千辛万苦心血熬。

人生有缘才相依，

亲情责任天地道。

七律·乡村秋色

二〇〇八年十一月

淡云翻飞竞雁行，
旭晖晨霜地薄银。
天高秋风过白露，
夕霞晚烟秋更浓。
黍菽橙黄屯凉棚，
热炕暖锅添笑容。
春种播下汗滴珠，
桑蚕吐丝织锦虹。

七律·松江月

二〇一六年中秋节

松江秋月挂江天，^①

劲风飒飒动心弦。

嫦娥释怀月做镜，

照亮九州共婵娟。

志士吟诗泪盈眶，

明月寄情思乡关。

儿男纵马家万里，

诗赋如酒梦乡还。

注释：①在东北松原他乡过中秋节。

七律·送故友海南过冬①

二〇一六年十月

疾风劲草秋深隆，

千山红叶伴翠松。

天高云淡雁南飞，

龙湾海滩②度暖冬。

共习马列始奋发，

暮年更贵知音同。

春燕飞来君方归，

急令冬雪化春融。

注释：①送故友张述强去海南。②龙湾海滩，在海南文昌。

七律·思念松辽故友①

二〇一六年十二月

北国莽原驰蜡象，

白毛飞雪盖松江。

万里银裹寒天彻，

环宇玉洁冰封霜。

万木枝头雕冰花，

腊梅点点透清香。

大地怀情蓄生机，

春归万象迎煦阳。

注释：①二〇一三年至二〇一五年曾在吉林省松原市从事建设项目管理，结识了许多同行好友。

七律·再到北京访友

二〇一六年四月

温榆河边重慢游，^①

串串槐花清香流。

轻风杨柳沙沙语，

河上西天悬灯笼。

五年之前桃浪时，^②

与君攀谈九台楼^③。

岂憾人生何处栖，

退休漂泊亦风流。^④

注释：①在北京顺义区温榆河边黄昏时分漫步闲游。②二〇一一年三月桃花正开时节。③九台楼，北京顺义区天竹格拉斯小镇九台楼艺术中心寓所。④退休后受聘私营建筑企业，到处奔走。

七律·重到松原访故友

二〇一七年十月二十八日

北国霜降天已寒，

银杏叶黄复松原。

相伴西北黄河滨，①

共赴察北踏雪川。②

相聚斟酒语暖心，

别似太白送浩然。

人生手足晚情贵，

何时天涯月再圆。

注释：①在兰州相伴三年。②在张家口张北雪川工程施工时相处两年。

马莲花情丝

分

山水情缘

shanshui

qingyuan

从烟台到大连

二〇〇〇年十月

残阳如火连天海，①

轮渡长鸣劈浪开。②

渤海碧波涌大连，③

半岛观涛烟台来。④

注释：①残阳似火把海天熔在了一起。②轮渡冲浪向前。③大连靠近渤海湾。④从山东烟台港到辽东半岛大连港。

七律·翻越祁连山

二○○○年八月三十一日

风动黄花青草低，

远山素裹空气稀。

一道青线绕山盘，①

帐房羊群云里移。

跃过大板四千三，②

隧道半山出峭奇。

千年祁连人罕至，

积雪终年润戈壁。

注释：①弯曲绕山的公路，远望似一条黑青色线条。②途经青海浩门过大板山，海拔在四千米以上。

七律·戈壁北望①

二〇〇一年九月

车驰风吼望远天，

红黑紫灰火焰山②。

是谁盗得芭蕉扇？③

熄灭焦云落人间。④

千奇百怪如巨兽，

蹲守戈壁数万年。

今日盛世换新颜，

西域古道响神鞭。⑤

注释：①驱车从嘉峪关到新疆吐鲁番，途经哈密而作。②焦岩地貌，泛指火焰山。③借喻神话传说。④焦岩如烧燃的云彩，五颜六色，千奇百怪，是地球二次碰撞出现的页岩板块。⑤指西部开发随着欧亚大陆桥的建设，快马加鞭。

到新疆哈密

二〇〇一年九月

风大鸟斜飞，①
焦云与天齐。②
戈壁望不断，
路上驼骑稀。
古道通西域，
久闻吐番奇③。
异情风土貌，
神笔难描拟。④

注释：①风大，鸟只能借势斜飞。②远处的燃岩如云一般与天连接。③吐番，指新疆吐鲁番盆地。④独特、古朴、典雅的韵味是很难用笔描述的。

七律·天下雄关①

二〇〇一年九月

朝辞黄河彩云间，②

戈壁斜阳照雄关。③

长城古道出西塞，

黄沙漫漫吞楼兰。④

张骞汉使出西域，⑤

笙筝落雁嫱和番。⑥

秦勇汉将今不见，

烽火台上息硝烟。

注释：①指嘉峪关。②早上离开兰州市。③下午登上雄关城楼。④玉门以西，新疆吐鲁番以东，沙漠吞噬了古代的楼兰国。⑤公元前138年，张骞出使西域。⑥公元前33年，王昭君（本名王嫱）远嫁呼韩邪单于。

秋到塞北①

二〇一三年十月

一

塞北大漠忽阴阳，②

大汗中都③秋已凉。

昭君出塞雁落处，④

云低草垛⑤见牛羊。

葵花矮人排路旁，⑥

甜菜正绿油菜黄。

土豆藤秧深紫长，

燕麦已熟收割忙。

二

莽原膘马⑦迎远客，

天骄⑧雄风人敬仰。

苏武执节牧羊地，⑨

骆驼今骑摄影郎。

当年情郎走西口，⑩

阿妹难忍泪两行。

今变京都后花园，⑪

靓女俊男雁飞双。⑫

注释：①塞北，也叫察北，张家口张北县雪川西北地区。②草原气候瞬息万变。③大汗中都，成吉思汗在张北的中都行宫。④王昭君从塞北大漠西行到西域，大雁在空中伴随，仪仗队美妙的乐器声及王昭君美丽的容颜让大雁忘记飞翔而落在地上。⑤草垛，冬天储草。⑥当地葵花长得不高，像小矮人。⑦膘马，指马体肥大。⑧天骄，指成吉思汗。⑨公元前100年，苏武作为汉使被匈奴扣留在北海（今贝加尔湖）牧羊十九年。⑩从山西经张家口到塞北，到内蒙古。一九四九年前人们逃难的三个出路，走西口，闯关东，下南洋。⑪北京西北至张家口的崇山峻岭，莽原广袤，交通便捷，人文景观众多，已成为旅游休闲的最佳去处。⑫家眷亲人，男女青年，朋友同事，共同结伴去游玩。

夏河拉卜楞寺①

一九九九年秋月

一

秋风瑟瑟草木重，

驱车飞尘拉卜楞。

雕梁画栋金箔饰，

白幡飘冽吟经文。

佛经藏典博大深，

青灯藏香伴磬声。

五心朝天顶膜拜，

藏胞信仰更虔诚。

二

殿门留影汉藏情，

巧缘佛门红衣僧。

合揖举手念陀佛，

人佛感应在心中。

弯月繁星映宝顶，

金光银辉相交融。

哈达经转运吉祥，

古寺塔楼展辉弘。

注释：①在甘肃夏河，藏传佛教圣地之一。

七律·青海日月山

二〇〇一年九月九日

青藏蜿蜒日月山[1]，

遥看鸟岛水澜澜。[2]

太阳月亮绕山转，[3]

生态多样山叠峦。

西戎广袤万里天，

华夏水脉三江源。

血乳涌流诗千古，

滋润原野万倾田。

注释：①日月山，地处青藏高原东北部。②日月山西面有我国最大内陆咸水湖青海湖，湖中央有鸟岛。③日月山海拔约四千米左右，山很高，太阳月亮都绕着山走。

青海湖鸟岛

二〇〇一年九月九日

一

快艇游人披黄甲①，

鸟岛湖远鳞如纱。②

欲闻百雀千鸟唱，

待看来年迎春花。③

二

云压山重碧水深，

遥看鸟岛在湖心。④

秋凉雁去碧波澜，

留得白鹅躬迎宾。⑤

注释：①黄甲，黄马甲，为游人必须穿的水上救生衣。②五月份以后岛上的鸟就飞走了。③要看鸟只有等来年春天。④鸟岛在湖的中央。⑤只有白鹅曲项向天迎送宾客。

七律·宁夏沙湖游

二〇〇一年十月

桂秋①驱车沙湖玩，

北国风貌赛江南。

千尺沙台②放眼望，

黄河千曲绕银川。

乘艇钻进芦苇荡，③

清清湖水远连天。

鱼鸟湖面翻飞跃，

水映倒影好休闲。

注释：①桂秋，指古历八月。②千尺沙台，人工造滑沙用的高沙台。③据说电影《洪湖赤卫队》芦苇荡场景拍摄于此。

七律·河西走廊①

二〇〇一年六月四日

白雪终年盖祁连，

恰似白云压山峦。

横空屏障极目望，

万倾沙漠戈壁滩。

血染红柳祭高台，

悲风长恨嚎梨园。②

风沙今无肆虐力，

不看白雪疑江南。

注释：①乌鞘岭西部北山与祁连山之间长约一千二百千米的狭长地带，称为河西走廊。历史上风沙肆虐，干旱少雨，土壤植被差。现经过改造，已不是"春风不度玉门关"的旧貌。②指一九三六年十月，西路军在高台、倪家营子、梨园口与敌人进行了惨烈的战斗。

七律·神奇的敦煌①

二〇〇一年九月

春风已绿玉门关，

莫高佛雕艺术湛。

千载古迹传神奇，

谁人仰瞻不惊叹？

南海龙王佛西天，

壁画仙殿出凡间。

昆仑巍峨横沙海，

驼铃古风惊天山。

注释：①敦煌，甘肃省县级市，中国西北的旅游圣地。

七律·鸣沙山月牙泉

二〇〇一年九月

晚风卷沙冲上天，①

千仞沙峰尽叠峦。

流沙鸣怨不毛山，②

浩瀚沙浪随风旋。

天上月牙地上泉，

一池碧波荡漪涟。③

是谁妙笔画圣境？

才让大漠出奇观。

注释：①因气候和地貌特点，晚风狂飙，把沙子吹上山顶，增高了山尖的千万个沙峰。白天，滚烫的沙子自动下泻，迸发响声，故名鸣沙山。②一根草都不长的沙山。③在浩瀚的沙海，在少雨干旱的大沙漠，突见一片绿色，一池清湛的月牙泉水。

七律·到松鸣岩

二○○三年五月

清泉欢唱出山涧，

青松苍劲挂崖端。

参天柏林根深土，

青草茂茂头向天。

上香叩拜观音殿，

攀上栈道庙空悬。①

陇原自古多干旱，

送来秀色哪路仙？②

注释：①观音殿在半山腰的栈道上悬空而立。②在干旱的陇上西部，出现一块天然绿洲，让人欢心赞叹。

七律·天祝三峡①

二〇〇五年七月

三峡葳蕤锁幽谷，

翠峰峻峭流飞瀑。

相随峡龙盘曲行，

魂驰清凉绝胜处。

何时天上落飞石？②

疑似绿毡卧伏虎。

药泉神水腾仙气，

洗沐六根③涤尘污。

注释：①天祝在兰州市西北一百多千米，邻近乌鞘岭。②远古时遗留下来的巨大岩石。③六根，佛教名词，指人的眼、耳、鼻、舌、身、意，喻指用神水把不洁净的东西洗去。

七律·游兴隆山

二〇一七年八月

山峦叠障翠葱茏，
云飞林海风摇松。
入画攀缘游宾客，
天骄剑痕伴彩虹。①
一阵凉风骤雨急，
忽觉夏日如初冬。
瞬间红日露笑容，
身沐涛浪四季风。②

注释：①传说公元约一三一〇年，成吉思汗到兴隆山挥刀留痕
至此。②山林气候多变。

陇上图景①

二〇一三年五月

飞天仙女舞翩翩，

纤腰灵秀娇容颜。

脚蹬青藏来天山，②

踏歌敦煌腿珠环。③

身居陇秦向中原，

霞冠庆阳戴陇南。

黄河乳汁润华夏，

胸佩碧霞冶力关。

注释：①依据甘肃地图构思描述。②甘肃西北部紧靠新疆，西南部紧挨青藏高原，意指从青藏高原和天山走来的美女。③人们唱歌跳舞时脚腕上佩带的珠环饰品。

七律·陇上冶力关^①

二〇一三年五月

陇上碧霞冶力关，
碧波荡漾十二万。^②

林海奇峰涌清泉，
雾锁涛浪齐云天。

冶海游船山巅悬，^③
藏胞吟经风荡幡。^④

险峻不同庐黄岳，
秀色堪似九寨还。^⑥

注释：①冶力关位于兰州市南部临潭县乌鼠山西边。②指这里山清水高，草木葳蕤，总面积十二万公顷。③冶海在高山间的一片水域有游览船只来回穿梭。④冶海沿岸有藏胞在吟诵经文。⑤其险峻与庐山、黄山及五岳不能比。⑥其美丽景象可与九寨沟一比。

七律·南国游旅

二〇一五年十二月二十日

冬辞北国大高原，

夕阳游旅过口岸。①

巨龙飞驾南国风，②

一轮红日海连天。

港澳珠亚多异彩，③

张界桂林更喜看。

人生沉浮波浪行，④

妈祖菩辉布游船。⑤

注释：①中华总工会夕阳游行社组织到香港等十城市旅游。②专列在南方的城市间飞梭。③香港、澳门、珠海、三亚的景色与北方不同。④乘船到维多利亚港，颠波起伏，似人生高低坎坷的旅程。⑤夕阳照在游船上，照在旅游老者的银发笑脸上，反射出温和多彩的霞光，就如宋朝蒲田梅州海神妈祖布施菩光，以佑人生航行吉祥。

七律·平凉崆峒山游览

一九八五年八月

松攀崆峒气宇轩，

天梯摩顶云半悬。

碧池静静入神定，

道佛两面山对山。

崆峒武当道门派，

天定人命道修天。

三教文化精粹传，

各领风骚数千年。

七律·游五台山

二〇一一年七月九日

山峦盘亘拥五峰，①

清凉仙气游绿龙。②

人佛天地浑一统，

千年胜境香火隆。

各代帝王求问道，

三教九流拜佛门。

文殊般若《华严经》，③

宾客络绎撞佛钟。

注释：①五台山坐落在太行山北端，境内有东西南北中五座高峰环护而立，峰巅平坦如台，故名为五台山。盘亘即围绕五台山的山峦互相连接绵延。②五台山以清凉幽静著称，景色秀丽如仙境。五台之外，山势高低绵延起伏，绿波荡漾，犹如龙在翻飞。③般

若（波若）梵语音译词，智慧的意思。《华严经》为佛家经书之一，
大乘佛教有三大经文，分别是《华严经》《法华经》和《楞严经》。

七律·登庐山

二〇一七年十月十八日

跃上葱茏登庐山，①
无限风光壮奇观。②
龙首奇峰豪气存，
苍茫劲松看涛烟。
临风清志藏玄机，
几度尘埃落江边。③
仙境山水透灵气，
龙飞虎斗青史传。

注释：①②庐山险峻崎岖，转四百个弯道才能登上去。毛泽东有"跃上葱茏四百旋"和"无限风光在险峰"之诗句。③庐山坐落在长江和鄱阳湖之间，毛泽东描述其为"一山飞峙大江边"。

七律·登黄山始信峰

二〇一七年十月二十一日

峭峰似剑刺破天，

伸手叩响灵霄殿。①

登临绝顶云海低，

问访真有蟠桃园？②

浩瀚缥缈入梦境，

怪石飞兽惊人间。

苍郁枝虬劲松奇，

彩虹飘带伴客还。

注释：①黄山出类拔萃，人上去就好像进了神仙的宫殿。②到了天上能否到传说中的蟠桃园去转一转。

107

七律·东北行

二〇一三年五月

黑鹅晨曦第一缕，①
银雁穿云越珍珠。②
大庆故事王进喜，
莽原黑土思尚宇。③
辽阔江天望无际，
马头琴声歌伴舞。
斟满美酒抒情怀，
英雄老城谱新曲。④

注释：①黑龙江的地形就像一个天鹅一样，最东边的萝北县是我国最早见到曙光的地方。②银雁，即飞机，哈尔滨又称珍珠城。③指赵尚志烈士和杨靖宇将军。作者专门到了赵尚志烈士的故乡和战斗过的地方——黑龙江萝北县，并在中俄边界名山口岸参观了溶洞中的赵尚志烈士纪念馆，烈士的事迹，催人泪下。其肝胆赤诚光照日月，丰功伟绩千秋永存。④指东北老工业基地重新焕发新的生机与活力。

萝北名山渡口

二〇一三年五月

途经佳木斯，

萝北名山渡。①

一龙两国江，②

傍水食鲟鲈。③

黑土民情朴，

边陲天鹅舞。

银雁穿碧空，

黑龙腾祥雾。

注释：①中俄名山口岸。②此处中俄以黑龙江江中线为边界。③在中方渡口吃江鱼。

七律·到前郭尔罗斯查干花

二〇一六年五月

云黑天低风雨急，

莽原惊雷瞬寒袭。

松江听惯雷公吼，①

不向东流依向西。②

查干湖水泛清波，

蒙包蓝天出轻骑。

肥田厚草农牧旺，

关东三宝世珍稀。③

注释：①松花江上气候变化无常，但其一直怡然自得地流淌。②吉林省地势东南高西北低，松花江向西流去。③关东三宝为人参、鹿茸、貂皮。

长白山游

二〇一六年十月

一

草波粼粼滚绸缎，

顽石如虎随风见。①

绕过黑崖钻入天，

狂飙啸吼举步艰。

黑风娘娘使淫威，

仙界高处不胜寒。

四处寻觅望天池，

雾锁美女不露颜。②

二

山下闻声人不见，③

绿黄青紫海一片。

天垂胜景原始貌，

神彩仙境如迷幻。

北坡国内画中游，

南坡止步属朝鲜。

圣境心旷易修仙，

繁星催我人间还。

注释：①天然大石块在草丛中隐藏，风吹草动就能望见，风停下就看不见了。②天池被称之为美女，一般到山顶上很少看见天池，因为山上常常是风大、雾大、雨多。③在长白山森林里必须互相结伴而行，用声音不停地联络，而且最好不要走得太远。

分

人生感悟

rensheng

ganwu

灵犬老暮去无声

二〇〇六年十一月

生来伴主朝夕处，

贫富不嫌守门户。

自知老暮不时日，

不忍主仆泪相注。

永留相伴欢闹情，

荒郊野外自寻墓。

离别意深皮骨贱，

忠义大智留人悟。

护　犊①

一九九三年九月

一

秦岭山下调令关②，

向西三十华树湾③。

山间平滩量马台④，

古战检马有史传。

学假随父去包山，⑤

一天老牛不进圈。

连打带喊三四遍，

跑到圈里去一看。

百天牛犊不见面，

老牛长哞瞪圆眼。

突然扬尾撒了欢，

118

冲开院栅跑进山。

二

人急找到半夜天，

老牛一夜未见还。

太阳依然快下山，

几只乌鸦飞盘旋。

跑到近处去寻看，

一个深坑三丈三。

牛将花豹顶石岩，

后腿打斜前腿弯。

头拧角斜刺豹腹，

牛犊血肉地一摊。

当人发现一声喊，

老牛跌倒断气咽。

三

临死滴泪鼻涕流，

花豹早已归了天。

多人找了一天半，

跑遍临近几座山。

老牛为何有灵感，

舍命护崽力无边。

让人感动让人颤，

千载难见此奇观！

注释：①事情发生在一九六六年夏天，这是一个真实的事情。
②③地名。④古代挑选战马的山间平坦开阔地。⑤承包山林荒地，
帮父亲劳动。

人字简析

二〇一〇年十月

一

有目皆识撇和捺，
顶天立地就两划。
小孩呀呀学走路
男女成人筑新家。
人生彼岸极目看，
活人做人闯关峡。
人到暮年稳坦步，
乐观健康赏鱼花。

二

又像父母站面前，

诉说殷切叮嘱话。

悲欢离合人间事，

得失福祸都放下。

漫漫旅程岁月走，

人字简单又复杂。

勤善做人行正道，

人字站立影光华。

忆秦娥·北大荒

二〇一三年五月

忆往昔，

天赐沃土北大荒。

北大荒，

鸟兽逍遥，

鱼鸟游唱。

北国粮仓战鼓响，

红心随雨万倾浪。

万倾浪，

丰碑不朽，

伟业泰康。

风雨生涯

二〇一四年十二月二十七日

十六出门走天下，
结缘建筑写生涯。
酸甜苦辣抒情怀，
喜忧哀乐烟飞花。
弹指一挥五十载，
风雨坎坷逝年华。
安得歇鞍无悔时，
鬓染雪霜夕照霞。

人生悟

二〇〇八年十月

一

身体道德人字立，
运气依赖好脾气。
责任亲情勇担当，
能力机会处关系。
勤勇礼貌贤孝顺，
知足感恩明事理。
近随贤能善为人，
尊人宽人严自己。

二

选对行道正衣冠，

不慕虚华淡名利。

学好技能有底气，

家庭亲和有动力。

人生岂能尽如意，

无悔我心已竭力。

人生短暂又漫长，

成败重在过程里。

处世浅议

二〇一〇年七月

一

小事随大溜，大事退路留。

底线把持稳，谨言少风头。

情感和现实，冷静思因由。

多与君子谈，少与小人筹。

二

动机和趋势，上下与左右。

天时和地利，干事靠人气。

权衡看效果，方法策略活。

核心与重点，有急必有缓。

三

能忍虚荣心，方成大事物。

能忍一时气，方有海天阔。

只图一时狂，后来必是祸。

凡是世间事，必然有因果。

四

得失细掂量，不要幻想多。

老人心言善，不要轻反驳。

少与权贵斗，伤神划不着。

否极会泰来，乐极生悲祸。

坦然人生

二〇一四年十月

人生如梦几春秋，

不知来世落哪丘？

月起日落东逝流，

忽见青丝已白头。

人生渐老天铸成，

何须感叹多忧愁。

顺其自然天地道，

夕照霞辉渡闲休。

佛六祖故里

一九九四年九月九日

生日奉香岭南来，①

南佛师祖灵体在。②

佛典铭镌光孝鼎，③

心宇净空无尘埃。

注释：①九月九日是六祖慧能的生日。六祖故里是广东韶关南华寺，属岭南地区。②六祖慧能在佛学上甚有建树，创立了南佛。唐代至今约一千三百年，其圆寂真身仍供奉在南华寺佛殿之上。③据传佛学大词典由六祖完成。慧能曾在广州光孝寺讲学，铜鼎上镌刻着"菩提本无树，明镜亦非台，本来无一物，何处惹尘埃"的偈语。

茶 话

二〇一六年七月

一

红黑白青绿花，

味性热凉温杂。

品人生如品茶，

能端起能放下。

红茶甘醇浑厚，

绿茶气香淡雅。

细品人生百味，

领略古今文化。

二

龙井虎泉泡，

银针雀舌芽。

春尖茉莉香，

明前丝桂花。

红袍普洱醇，

黑茶出安化。

毛峰祁门红，

骏眉丁香茶。

三

茶语开巧三冬暖，

茶消焦热三暑夏。

沸腾是生活热情，

沉淀是淡泊心境。

引语纵闻天下事，

韵香流淌贯古今。

恩怨释怀在杯中，

清火开郁一杯茶。

四

朋友登临请上座，

海阔天空叙佳话。

劳动随时饮一口，

生津止渴解疲乏。

有浓有淡亦茶道，

有聚有散总高雅。

寒冬家中有热茶，

鹅毛飞雪任由它。

栋梁材

二〇一六年七月

怀情天地沐风光，

生在林山立群苍。

成材堆垛庭院躺，

斧锯修裁做栋梁。

万物怀才自妙用，

舞台有情必登场。

感恩天地巧工匠，

屋脊披绸气轩昂。①

注释：①盖房上屋脊叫封顶庆贺，木大梁头上绑上红色绸布，像新郎披红一样。

134

养　老①

二〇一六年十二月

一

曾是家养四五小，②

老二老三老大抱。③

老大从小拴炕栏，④

吃睡哭闹无人照。

城市一少心肝宝，

无法一少伺四老。⑤

病老孤残困空巢，

社会家庭必思考。

二

农村扶贫促小康，

城市养老提议章。

方兴未艾渐凸显，

坎坷崎岖路漫长。

老有依靠少有养，

农民有田工有厂。

盛世和谐人共享，

安全平安过吉祥。

注释：①独生子女家庭养老问题越来越突出。②过去每个家庭一般有三至五个小孩。③大的带小的。④有的家庭大的小孩无人带，父母出门干活就把孩子捆绑在床头或炕头的栅栏上，孩子害怕也没办法，有的屎尿糊一身，哭着就睡着了。⑤城市独生子女一个人不要说还有工作和自己的孩子，就四个老人都顾不上照料。

古槐神韵

二〇一二年四月

一

四月古槐溢清香，

轻风飞花飘芬芳。

蜜蜂在花丛中飞舞，

燕雀在脸庞上吻唱。

风雨天成的老槐树，

村口威严地守望。

白昼寒暑，

雷电冰霜，

从不怯懦彷徨，

从不孤寂忧伤，

坦然品尝大自然的醇厚赐赏！

二

朝晖染一身霞光，

白云点缀翠绿的衣装。

皑雪戴上洁白的斗笠，

轻雾披上淡淡的纱帐。

每天夕阳从头顶走过，

却又迎来新天初升的曙光。

每晚星星月亮在枝头聚会，

似守望着万家灯火的安详。

三

您根扎深土亲大地，

头向蓝空英姿爽。

绿叶是爱的播撒，

淡香是情的释放。

您看不够一代代幼儿欢蹦成长，

听不够农家丰收喜悦的欢唱。

您深褐色百尺身干，

饱经沧桑。

粗壮博大的胸怀，

无欲则刚。

平日里为人们遮阴纳凉，

雨雪天黑夜里为人们指路定向。

这一切似乎平淡平常，

可有谁知您，

生命里经历了多少炎暑与冰霜?

摆脱了多少次砍伐者刀斧的中伤!

四

回忆岁月的过往，

总让人心潮起伏波荡，

曾记否把您当"四旧"剔除的荒唐。

差点让您竖立横躺。

是您见证了历史的回声，

是您看到了神州大地巨变的光芒。

您像一个老迈勇敢而坚强的老人，

殷殷表露对人们至亲至爱的希望，

眷眷深恋着养育您的厚土故乡，

深情地书写着人间不朽的诗章！

卜算子·贤孝勤善

二〇一六年十月

贤孝君子德，

谦勤人智慧。

善为人者结善果，

嫉恨生恶为。

百善孝为先，

弃老礼德废。

反哺跪乳寓意深，

祥和家风贵。

清平乐·孝亲不待时

二〇一六年十月

轮渡送归，
时天谁能违？
春雨秋风白雪飞，
人间履辙轮回。
跪孝尽早无悔，
勿待墓前愧泪。
悲思音容亲影，
只见寒月霜白。

人生的坐标

二〇一七年十二月

一

人的命运轨迹，

大到天地空间，

小到微弱曲线，

都在坐标中画下了判别的标点。

人生成败尽在运势和命缘，

用一个坐标直意观瞻。

竖向为高度速度即命缘，

横向为运势即距离和时间。

二

生存的背景环境不同，

就有不同的人生命缘。

也有不同的速度和起点，

而运势则是靠努力的后天。

有的起点高上升的速度快，

但经不起距离和时间的检验。

或直线上升又直线下降，

或没有距离的概念仅仅是一瞬间。

有的尽管低起点，

但却能斜右向上，

形成了阶梯向上的人生图案。

也有的嘎然而止，

画下了仅有的线段。

而有的即使生命终结了，

却留下了光芒四射的背影。

三

时间从不会让谁退回到昨天，

既不施舍给谁也不会被谁霸占。

诚实执着的人才能越走越高，

越走越远。

客观命缘无须遗憾，

运势在修正补充着命缘，

成功总会给勤奋努力的人创造出新的机缘。

思念师傅①

二〇一六年三月

师傅张承丰，
山东恒台人。
带徒如教子，
传技贵以精。
做人德能勤，
一身精气神。
含辛苦为乐，
敬业主人翁。

千尺架台任作画，
诗情冲上云霄中。
千秋广厦树丰碑，

栋栋高楼矗长空。

热雨摧花开心田，

身染泥巴笑沐风。

心忧天下寒棚苦，

甘洒热血暖九冬。

注释：①师傅一生为祖国的重点工程、军工建设及民用工程转战大江南北、黄河两岸四十多年，付出了毕生精力和年华。退休回山东农村老家，二十多年未曾见面，师傅今已至耄耋之年，盼望再能去拜见，也盼望如有来世再做师徒。

健康的心

二〇一五年八月二十八日

人活七十古来稀，

今庚八十不稀奇。

颐养会活九十几，

健康百岁才真谛。

心态乐观坦然念，

鹤颜仙道修自己。

知足感恩勤善怀，

一路风情美无比。

家庭曲调

二〇一七年十二月

一

家庭是个好东西，

经营好了享福气。

家事若是太清晰，

反成计较多受气。

家家都有难念经，

人生都有不如意。

遇事坦然勇担当，

亲情责任是前提。

二

知足感恩怀乐观，

不要任性不攀比。

忍耐谦含糊涂点，

莫要倔犟认死理。

宽怀大度受人敬，

无能经常发脾气。

天地赐缘遇一起，

没有贵贱与高低。

三

持家孝老范儿孙，

亲和善念对邻里。

吃苦耐劳益身体，

操心受累应该的。

天宽地厚慈爱心，

敬老爱幼顺天理。

贫家更有情爱长，

家是心中天和地。

四

人非圣贤谁无错？
有心就得将心比。
苛责别人留余地，
多加体谅多鼓励。
道理都是相对的，
精明太多倒无益。
有长有短是能力，
没有对错是真理。

五

家和业兴亲情贵，
勤善贤孝好脾气。
粗茶淡饭家中香，
勤俭祥和兆门第。
童年老宅父母在，
家就永远在心里。
过客不求富贵门，
酸甜苦辣有家依。

分

春潮霞歌

chunchao

xiage

庆香港回归①

一九九七年七月一日

百年屈辱山河泪，

龙断血脉母心碎。

雄狮怒吼惊五洲，

四海普庆热雨飞。②

注释：①中国香港被英国占领一百五十五年，一九九七年七月
一日回归祖国。②指辛酸的泪水和喜悦的热泪汇成一股热雨在流
淌。

七律·荷花赋①

二〇一六年七月

绿叶如蒲遮湖光，

含苞欲放羞娇装。

亭亭玉立泥塘中，

鲜灵剔透吐芬芳。

引得热风扑塘来，

醉得骄阳西行忘。

月光悄至蛙声喊，

惊得月亮掉荷塘。

注释：①作于东北松原查干湖荷花池。

端午节①

二〇一六年六月

南风热，麦浪高，

今又端阳到。

踏露水，折桃蒿，②

红皮蛋，蒸粽糕。

悼屈原③，读《离骚》，

鄂州千湖龙舟闹。

防暑恙，绣荷包，

雄黄酒，品味道。

抢夏收，磨镰刀，

农耕文化情深奥。

注释：①每年农历五月五日为端阳节。②民间传说这一天清凉的露水为神水。桃条避邪魔，艾蒿是祛湿邪的中草药。③屈原，战国时期楚国人，出生于楚国丹阳秭归（今湖北宜昌）。因遭贵族排挤诽谤，被先后流放至汉北和沅湘流域。楚国郢都被秦军攻破后，自沉于汨罗江，以身殉国。屈原是中国历史上第一位伟大的爱国诗人，其主要作品有《离骚》《九歌》《九章》《天问》等。

七夕节①

一九八八年七月七日

牛郎织女七夕情，
王母心中也动容。
玉帝画堑成天河，
鹊桥相会泪倾盆。②
千古神话铸情缘，
世上最贵爱与情。
但愿有情终眷属，
嫦娥感泪落寒宫。

注释：①农历七月初七为七巧节，也叫七夕节。②据传说这一天，所有的喜鹊都到天上为牛郎织女搭桥，让他们一年一度相见。

七律·母亲河颂①

二〇一五年八月十六日

千古黄河流不息，

金汤②滚滚拍岸堤。

放眼波涛心浪高，

多少故事河为题。

涡流翻卷奔向前，

只为大地育生机。

天赐母乳哺华夏，

黄河颂歌诗万里。

注释：①母亲河即黄河。②金汤，黄河水为黄色，故称金汤。

建筑工人之歌

二〇一六年六月十一日

一

我爱繁忙火热的建筑生涯，

无怨无悔地把壮丽蓝图描画。

哪里有建设哪里有需要，

我们的队伍就向哪里进发！

像奔腾的骏马在辽阔的草原上驰骋，

用汗水和钢铁般的意志构筑起座座大厦！

二

我们走向荒芜，

身后留下闹市的繁华。

顶着风雨来去，

吃饭伴着雪花。

天山南北留诗画，

四海为家把工棚扎。

涵洞管线穿地龙，

擎天高楼披彩霞。

修路架桥织锦虹，

艰难困苦踩脚下。

亲吻祖国的山山水水，

豪迈地走向亚非拉。

长江黄河似激情荡漾，

昆仑昂首把能工巧匠赞夸！

三

每逢佳节欢庆的时候，

我们只有用珍贵温馨的电话把思念表达，

与亲人匆匆相聚的日子，

仍然把建筑工地牵挂。

握别着亲人的手，

又一次湿润的眼睛含笑出发。

工作的需要，

不惜满身汗水泥巴，

用户的赞扬，

只是我们微笑的一刹那。

辛苦对我们不算啥，

勤劳和智慧使我们的灵魂升华！

四

放眼五洲风雨骤，

耳听惊雷满地花。

我们——祖国的建设者，

为了人民为了大家，

开拓者的诗篇中写下了孺子牛的情怀佳话。

为了祖国的召唤，

我们勇敢踏实地迈起人生坚定向前的步伐。

用行动诠释人生的意义，装点开拓者的年华，

用奋斗和奉献的乐章演奏了劳动之歌的豪迈和潇洒！

黄河之滨散步

二〇一〇年

静观金汤①远，

云起半天蓝。

清凉鸟轻语，

漫步垂柳间。

注释：①金汤，指黄河黄颜色的水，前文已有说明。

黄河古韵

二〇一〇年六月

白塔佛钟伴涛声，①
碑林文韬贯长空。②
水车千载流诗韵，
羊皮筏子追古风。

注释：①黄河北岸的白塔山巍峨俯视着城市，观河听涛时伴着山上佛殿的钟声。②白塔山上建有碑林书法石刻。

登白塔山

二〇一〇年六月

远望白塔披彩虹，^①
黄河涛声近相闻。^②
两岸风情一时新，^③
百年铁桥^④几代人。

注释：①白塔古楼巍然屹立，高耸云端。②黄河从市中心穿城而过，临近处可听见湍急奔流的波涛声。③黄河两岸的风情线，给人耳目一新的感觉。④铁桥，指中山桥，黄河上游最早的钢结构拱桥，是一九〇五年由德国人建造的贯通城市南北的桥梁。至今一百多年，除表面油漆部分脱落外，结构杆件、铆钉均完好无损。为了延长建筑物寿命，现不准车辆通行。中山桥作为兰州市的地理坐标和城市名片供一代又一代人观瞻和回忆往事。

黄昏赏景

——刘家峡龙园

二〇〇六年五月

轻风拂水粼如绸，

夕照湖光映船游。

鱼儿摆尾弄人影，

千鸟归巢闹湖洲。

兰州牛肉面①

二〇〇六年七月

炉火烘烘水沸腾，
手拉千丝如舞龙。
韭叶大宽分三细，
肉嫩汤纯漫香闻。
五色四味食为媒，
游客宾朋情相融。
久负盛名堪一绝，
香飘古道满金城②。

注释：①兰州牛肉面始于清末，民国五年已小有名气。黄河水土的地域特质，精细上乘的优质原料，巧妙的做工使牛肉面受到众口称赞，百年不衰。②金城，即兰州，曾经的丝路重镇。牛肉面馆在兰州是最多的饮食餐馆，大街小巷至少两三百米就有一处。

169

登临南山顶峰①

二〇一〇年八月

南山坦怀自极天，

诗情乘风冲霄汉。

远上黄河游长蛇，

夜辉繁星天上览。②

注释：①兰州市南侧最高的山峰。②晚上从山上向下俯瞰，城市的流光异彩如繁星闪烁，似银龙飞流，十分绚丽壮观。

赞美丽女子

二〇一六年七月

俏鼻月眉眼会语，
齿白粉唇口抿玉。
纤腰婀娜风摇柳，
脸庞鲜嫩欲滴珠。
秀步花履如蝶飞，
裙摆翩翩燕起舞。
灵秀一笑倾春城，
堪似芙蓉醉塘湖。

七律·科尔沁草原晨曲

二〇一六年七月

日出无山平射来，

牛马游吃尾自摆。

草原清气怡神志，

晨雾碧波荡云海。

忽听画中放歌声，

村姑早牧把鞭甩。

驰骋奔放情豪迈，

醉卧绿毡舒开怀。

七律·田园丰歌

二〇一六年十月二十五日

草青碧天云染霞，

千沟万壑巧做画。

红红柿子灯笼树，^①

黍菽躬首丰硕夸。

冬麦千倾普诗章，

苹果笑脸迎霜杀。^②

春汗秋丰获硕果，

瑞雪丰年兆万家。

注释：①农历九月柿子树叶脱落，树上仅留红红圆圆的柿子，如同一个个小灯笼。②苹果成熟待霜降后，就更甜更有糖分。

陇上南天行①

二〇一五年七月

夏河迎客花木艳，

白龙腾飞绕山川。②

太白豪情吟天鹅，③

杜甫诗韵贯茅庵④。

伏羲故里酿美酒，

樽酒女娲补西天。

诸葛六次出祁塞，

难扶汉室定中原。

红军长征进甘南，

天鹅飞越过雪山⑤。

浴血天险腊子口，

174

三军会师尽开颜。

古风新律唱今朝，

歌舞狂曲惊宇环。

名胜古迹瑰光闪，

指点江山几千年。⑥

注释：①指陇上天水、甘南、陇南三地区。②白龙江经陇南流向四川碧口方向，穿越深沟峡谷，或在悬崖腾空飞驰或穿涧湍流。③指在临夏太白山、宕昌官鹅沟游玩，犹如李白兴致勃勃，豪情抒怀。④茅庵，指陇南成县鸡峰山杜甫草堂。⑤过雪山，一九三五年九月红军翻越岷山这座大雪山。⑥各地名胜古迹闪耀着瑰丽奇艳的光芒。游人在这里游览、观瞻、评说几千年的历史故事。

重上兰州北山①

二〇一八年八月二十八日

金秋乘兴攀北峰，

金风拂面望河城。②

群厦栉比云烟中，

黄河金汤送清风。③

今载风雨随人意，④

北山绿颜惊老翁。⑤

冬暖夏凉蓝天情，⑥

干旱沙尘少有踪。⑦

凌风清志神气爽，

斑斓灯火歌舞声。

山水柔情醉游客，

美幻仙境在河滨。⑧

注释：①指白塔山两侧的前后山。②黄河穿城而过，把河与城融为一体。③黄河流淌带来清风凉意。④今年干旱少雨的兰州风调雨顺，气候湿润。⑤兰州北山素为不毛之地，经过逐年治理，加之今年雨水多，草木茂盛，一片翠绿。这是自古以来，不论是多大年龄的人都未曾见到过的喜人之象。⑥兰州今夏最高气温34℃，去冬最低气温-14℃，这里蓝天白云，更适合人们游居。⑦沙尘暴已经很少有踪影。⑧黄河风情线上，早晚有歌舞、练功、太极拳、剑、扇、甩响鞭、打陀螺，这里还有音乐喷泉，外地游人和当地人休闲散步，拍照弹唱，游览避暑。黄河之滨已成许多兰州人每天必去之地，看着羊皮筏子、野鸭，听着天籁之音，感受轻风凉意。

夕阳颂歌

二〇一七年十二月三十日

一

一生风雨坎坷多，

平稳到岸船停泊。

苦累艰难多磨砺，

人生旅途有诗歌。

身体力行不消极，

随心所欲活自己。

年轻没给自己活，

老了好好过生活。

二

好汉不提当年勇，

该服老来莫强行。

谦和静心顺天意，

别去计较啥道理。

多动脑子多回忆，

感情丰富有激励。

能吃能玩别吝惜，

新鲜事物也学习。

三

能干事情自己干，

不要养成懒习惯。

常做好事心里安，

人老必定善为先。

饮食少荤多蔬果，

起居有规练腿脚。

疾恙查清莫紧张，

寒热虚实调阴阳。

四

锻炼身体宜适度，

烟酒油腻少进肚。

诈骗推销莫上当，

天掉馅饼包祸藏。

祸福否泰有静气，

生活多姿有哲理。

情绪乐观不固执，

平安健康就是福。

七律·太极翁

二〇一八年八月

沉心①无欲天地宽，

刚柔相济稳如山。

静养气神贯丹田，

动如仙鹤飞盘旋。

挪步轻似猫觅鼠，

出拳犹如捣龙潭。

河滨律乐醉晨风。

悬顶亮冠开菩莲。②

注释：①沉心，即静心无杂念。②悬顶亮冠是太极招式之一，也指老翁壮心不已，潇洒雅趣的风采。河滨林庭，白发鹤颜，犹如簇簇莲花在清晨旭晖中绽放。菩莲意指菩萨的莲花宝座在空宇中飞荡，也保佑着太极老翁健康长寿。

参观黄帝冢①

二〇一八年五月

一

轩辕巡游到罗川，②

铁履踏燕五顷塬。③

有川有塬亦有山，

风水宝地映眼帘。

塬上轻风丽日艳，

川流清澈雾腾仙。

风声蝉声天籁韵，

山岭纵横虎龙盘。

二

民厚桑麻勤耕播，

地下藏宝天湛蓝。④

东依秦岭翠屏障，

西途陇道山六盘。⑤

南通秦陕八百里，

北有宁夏米粮川。

升天自在龙脉地，

宝地厚土⑥葬衣冠。

　　注释：①修建于甘肃省正宁县五顷塬的黄帝冢森林公园，在距县城三十五千米的湫头塬上。由国家投资，已向游人开放，平时来这里参观上香的人络绎不绝。②③依据司马迁《史记》记载，黄帝曾下榻于正宁原老县城罗川，五顷塬发现了皇帝的衣冠冢。④正宁县正南煤矿已开始开采。⑤指向西从平凉到宁夏隆德的六盘山。⑥厚土，陇东属黄土高原黄土层最厚的地区。

过大年

二〇一六年春节于故乡

花炮缤纷响太空，

红梅报春傲雪松。

对联灯笼添喜庆，

窗花金猴龙戏凤。

描绘新年新憧憬，

紫气祥云舞春风。

舜尧盛世奏华章，

人寿年丰唱太平。

拜 年

二〇一八春节于兰州

雄鸡起舞续岁庚，
喜迎戊戌春意浓。
佳节祝福心语声，
盛情暖意融三冬。
君子感恩念故知，
忠犬益友护院庭。
老幼皆安千家福，
吉光普照万户门。

陇东放歌

二〇一六年四月

一

旭晖霞光照陇原，

春雨瑞雪灌心田。

重彩浓笔绘新画，

豪情放歌动心弦。

人杰地灵历史悠，

姊妹塔①诉几千年。

轩辕踏燕五顷塬，②

周王龙脉舞神剑。③

二

文化古迹粹遗产，

诗赋彩虹贯民间。

罗汉王母邻水帘，④

崆峒道观⑤悬云端。

当年南梁⑥血与火，

为灭乱匪皆揭竿。

红河激浪⑦动心魄，

子午⑧密林漫硝烟。

三

雄鸡高唱红旗展，

收拾金瓯⑨喜空前。

重农兴商林果旺，

改革开放穷根剜。

华池皮影庆城绣，

环县道情醉山峦。

盘丝长面⑩重礼道，

黄花苹果送客还。

四

向阳草木早逢春，

红心铁臂换新天。

羊肉烧鸡名气响，

宁枣泾梨罗川烟。

枣胜黄牛赛农机，

踏实憨厚喜耕田。

丰衣足食盖楼宇，

农耕反补尽颜欢。⑪

五

物流甘宁通川陕，

龙蛇长鸣绕关山。

投资学校重医保，

改造水库防涝旱。

科技信息进村院，

树荫楼庭小车穿。

煤气油田献宝藏，⑫

今胜往昔赛江南。

六

人间正道沧桑变，

数代夙愿展宏卷。

祭奠先辈慰英灵，

春花秋果献蓝天。

董志⑬厚土情万丈，

盛世太平享康安。

富抵秦川八百里，⑭

祥云飞歌颂陇原。

注释：①姊妹塔，环县和正宁县的塔并称姊妹塔。②正宁五顷塬据说轩辕皇帝衣冠冢在此发现。③周朝周览王曾建宫庆阳，舞剑误伤龙脉。④据传西王母出自泾川回中山，泾川罗汉洞王母宫邻彬县水帘洞。⑤道观，平凉崆峒山道家道场。⑥南梁，华池县南梁。⑦红河激浪，代指陇东人民革命斗争的事迹。⑧子午，陇东靠陕北的山岭叫子午岭，属秦岭之山脉。⑨金瓯，瓯是古时杯盆一类的容器，金瓯，比喻宝贵的革命根据地。⑩盘丝长面，庆阳讲究贵客来临吃臊子长面，表示长长久久。其做工味道也非常讲究好吃。⑪农民种地不交税，不交公粮，国家反而给补贴。⑫庆阳已成为有煤气、石油的西北工业重镇。⑬董志，指居于黄土高原的庆阳董志塬。⑭庆阳人自称"八百里秦川不抵董志塬边"，表示董志塬平坦广阔，能和八百里秦川相比。

锦言拾零

二〇一八年十月

勤劳人财旺　懒惰生穷根

贪欲招邪念　愚昧偏激生

常怀谦醒　三省吾身

尽难如意　无悔我心

满招损　谦受益

皎皎者易污　挠挠者易折

日高则斜　月圆则缺

否极泰来　乐极生悲

年轻不和别人较劲　年老不和自己较劲

堂堂正正来去一身正气

干干净净一世两袖清风

用人之长世上无不可用之人

用人之短天下无可用之人

燕雀不知鸿鹄志

夏虫不可语于冰

常爱生气的人是和自己过不去

最嫉恨的人往往是最亲近的人

人最大的心魔是虚荣和邪念

人最难的是认识和战胜自己

没有别人的不对　只有自己的不足

没有没办法的事　只有没找到办法

将欲取之　必先予之

己所不欲　勿施与人

饿时赐一口　胜似饱一斗

君子祸不予人　灵犬不逝家宅

穷积财　富积德

有金不识宝　失去方知贵

天道酬勤　地道酬善

浅尝辄止　过犹不及

人不学不知义　玉不琢不成器

技能是立身之本　品德是立身之魂

得饶人处且饶人　有理不打上门客

财大气粗不是福　言多必失招是非

话不可说尽　事不可做绝

山不转水转　天不转地转

男当勤勇智善　女当勤慧贤淑

少壮不努力　老大徒伤悲

君子坦荡荡　小人常戚戚

送人玫瑰，手留余香

推人落水自有旦危

行善者自有善报

行孝者自积福德

渡尽劫波兄弟在

相逢一笑泯恩仇

常念故国一抔土　莫惜他乡万两金

人人都有伤感事　家家都有难念经

世上虽然磨难多　人间没有过不去的河

头顶三尺有神灵　拜佛重在心中有

平时不烧香　急时才求佛

德不孤　必有邻

有容乃大　无欲则刚

自重有威　知止有定

山不争高自极天　海阔不弃涓流小

狗不嫌家贫　儿不嫌母丑

喜父母之所喜　罪父母之所罪

子不扬父恶而扬其善

人念故土　叶落归根

少有所求　中有所思　老有所悟

看山是山　看水是水

看山不是山　看水不是水

看山还是山　看水还是水

人穷志不短

男儿有泪不轻弹

男不勤善难入福门　女不贤惠殃及几代

男有贤德擎天柱　女有贤德家神安

钱多不一定是福　贪欲必定是祸

人贵于勤　业贵于精

高尚者谦和　卑微者自傲

诚信者自立　无信者自毁

老吾老以及人之老

幼吾幼以及人之幼

天意怜幽草　人间重晚晴

莫道桑榆晚　为霞尚满天

后　记

　　我不是诗人，仅是一个诗歌爱好者。多年的心愿就是把一生经历的事情、对人生的感悟、一生的追求和信念从心里发出声来；把祖国的富饶美丽和飞速发展及家乡的美好变化，把老一辈为之盼望奋斗的太平盛世用诗歌的形式表现出来。

　　只因本人是建筑工程技术管理专业，对社会科学和文学艺术创作的研究很少，因此，踌躇徘徊，但心中创作的波涛总是难以平静，并且，冲动的激情找到了说服自我的理由："没有进过黄埔未必就不能成为军事家，文学巨匠也未必一定是高等学府之徒，苏联小说《钢铁是怎样炼成的》，不就是出自尼古拉·阿列克谢耶维奇·奥斯特洛夫斯基，一名双目失明的红军战士吗！瞎子阿炳在二十世纪二三十年代创作的《二泉映月》不也登上了曲艺艺术的高雅殿堂吗！而且搞技术专业的人，从一种全新的视角涉足诗坛，或许有出奇不意的效果。不在山中看庐山，其真面目或许更加雄伟而美妙!"至此就冒天下之大不韪,成了诗集《马莲花情丝》的作者。这样,从家门前辈论起,我就应该是最有文化的人了(当然在后辈中比我文化学历高的已不在少数了)。

在创作过程中,自己尽量用朴实、简练、贴切的词语去描写,没有苛求华丽玄奥的辞藻,没有完全依靠《佩文韵府》。主要是七言律诗和现代诗为主,尽量适应现代大多数人的欣赏口味。诗歌词句除了对一些历史人物和典故为了让读者省时间不再查阅而稍加注释外,其他未作太多注解。本书字句、词语均以新华字典为准,同时也想给阅读者留下扩展想象的空间。根据各自不同的人生阅历、认识水平、灵感悟性、思维理解能力去仁者见仁、智者见智,这也算是和读者的互动沟通。只要能和读者产生情感的共鸣和思想的交融,就是我最大的成功。

俗话说:"少有所求,中有所思,老有所悟。"人到暮年才能坦然地面对自己,对一生走过的路,做过的事,交往过的人,对自己承担的人生责任和义务才最清楚。其实老年同样是人生收获丰硕的美好时期,一生辛劳付出,到了颐养天年、享受天伦之乐的时候。唐代诗人刘禹锡《秋词》:"自古逢秋悲寂寥,我言秋日胜春朝,晴空一鹤排云上，便引诗情到碧霄。"叶剑英在八十寿辰赋诗："老夫喜作黄昏颂，满目青山夕照明。"这些对秋日黄昏的礼赞，对人生非常成熟的感悟名句对我们每一位退休的老同志都是极大的启发和激励。

回顾一生，自己从一个幼稚的柴门布衣到一个工农胎毛印太深，性格耿直倔强、脾气张扬急躁的人，最终逐步趋向淡定坦然的变化过程，以及逐步认识、战胜自我的磨砺过程，恰如佛学所说："人来世间是洗涤净化灵魂，是在纷繁的尘世度化自我。"也印证了人总是从幼稚走向成熟，从无知走向有知，人类也总是由低级向高级进化的道理。在我的人生过程中，年轻时受到了党和国家的培养和关怀，受到了师傅前辈的爱护和引领，受到了兄长良友的帮助和指导，受到了同事朋友的支持和信赖，这些都是我生命里重要的精神支柱和宝贵财富。回首往事，我认为人一生经历一些磨难也未必是什么坏事。年轻的时候历尽艰难困苦，老了容易有一颗知足感恩的心；一生勤劳吃苦，忙碌干事，老了也许会有一个健康的体魄。果真能如此，这也许是上苍赐予一个人的最宝贵的两样东西。

作为我们同时代的一批人，就其个体而言，谁也不是圣贤，都各有优劣长短，然而，总体而言，这一两代人从所处的社会时代中锤炼出来的坚强信念，道德情操，还有吃苦奉献精神，始终闪耀着人类质朴纯洁、无私无畏的耀眼光芒。从他们身上我吸取了巨大的精神营养，接受了巨大的力量动能，使我真切地体会到亲情以及友情的无限珍贵和无比美好。

此诗歌集也是向他们情真意切的倾诉和给他们献上的诚挚敬意。

由于水平有限，诗歌难免有不妥不当之处，恳请不吝赐教，提出宝贵意见，以便再版时及时修正。

作　者

二〇一八年十月于兰州